Ernest et Célestine
Rataplan plan plan

www.casterman.com

© Casterman 2006

Droits de traduction et de reproduction réservés pour tous pays.
Toute reproduction, même partielle, de cet ouvrage est interdite.
Une copie ou reproduction par quelque procédé que ce soit,
photographie, microfilm, bande magnétique, disque ou autre,
constitue une contrefaçon passible des peines prévues
par la loi du 11 mars 1957 sur la protection des droits d'auteur.

Imprimé en Espagne.
Dépôt légal : janvier 2006 ; D2006/0053/47
Déposé au ministère de la Justice (loi n° 49.956 du 16 juillet 1949
sur les publications destinées à la jeunesse.

ISBN 2-203-52524-X

GABRIELLE VINCENT

Ernest et Célestine
Rataplan plan plan

casterman

– Oh!... Ernest a encore fait semblant
de ne pas comprendre que je m'ennuie !

– Eh bien, il va m'entendre maintenant !

– Célestine !... De grâce !
De grâce... Célestine !

– Allez, viens ! Cette fois tu vas jouer avec moi !

– Voilà ! Ça suffit, Célestine ?

– Non, Ernest, ça ne suffit pas !
 J'ai perdu le do de ma clâ-â-rinette…

– Si j'allais chercher mes vieux tambours ?
 Hein ?... Tu viens ?

– Oui, oui, je les ai reçus quand j'étais gamin…
– Mais alors, il sont vraiment très vieux, Ernest !

Rataplan plan plan
Rataplan plan plan

– Tu te rends compte, Alphonse ?
Ernest et Célestine ne nous voient même pas !

– Je suis épuisé ! Ça suffit, Célestine…

Malbrough s'en va t'en guerre, mironton, mironton, mirontaine…

– Je n'en peux plus ! Et toi ?
– Moi non plus !
– Et moi, j'ai soif !

– C'est vrai, Ernest, on a un peu exagéré,
  mais c'était tellement chouette !

– Qui veut encore du chocolat ?
– Moi, Ernest !
– Moi aussi !

– Oui, oui, oui, oui, bien sûr, on recommencera,
mais plus avec mes couvercles de casseroles !